COLEÇÃO VOLTA AO MUNDO
FALANDO PORTUGUÊS

Contos de Angola

CB041558

© 2024 – Todos os direitos reservados

GRUPO ESTRELA

Presidente: Carlos Tilkian

Diretor de marketing: Aires Fernandes

EDITORA ESTRELA CULTURAL

Publisher: Beto Junqueyra

Editorial: Célia Hirsch

Coordenadora editorial: Ana Luíza Bassanetto

Projeto gráfico e ilustrações: Roberta Nunes

Diagramação: Overleap Studio

Coordenação da coleção: Marco Haurélio

Revisão de texto: Luiz Gustavo Micheletti Bazana

Mapa: Shutterstock

Dados Internacionais de Catalogação na Publicação (CIP)
(Câmara Brasileira do Livro, SP, Brasil)

Sermão, Miguel
  Contos de Angola / Miguel Sermão ; coordenação Marco Haurélio ; ilustração Roberta Nunes. – 1. ed. – Itapira, SP : Estrela Cultural, 2024. -- (Coleção volta ao mundo falando português)

  ISBN 978-65-5958-095-8

  1. Contos - Literatura infantojuvenil I. Haurélio, Marco. II. Nunes, Roberta. III. Título. IV. Série.

24-195700   CDD-028.5

Índices para catálogo sistemático:
1. Contos : Literatura infantil 028.5
2. Contos : Literatura infantojuvenil 028.5

Aline Graziele Benitez - Bibliotecária - CRB-1/3129

Proibida a reprodução total ou parcial, de nenhuma forma, por nenhum meio, sem a autorização expressa da editora.

1ª edição – Itapira, SP – 2024 – impresso no Brasil.
Todos os direitos de edição reservados à Editora Estrela Cultural Ltda.

Rua Roupen Tilkian, 375
Bairro Barão Ataliba Nogueira
CEP 13986-000 – Itapira/SP
CNPJ: 29.341.467/0001-87
estrelacultural.com.br
estrelacultural@estrela.com.br

COLEÇÃO VOLTA AO MUNDO FALANDO PORTUGUÊS

MIGUEL SERMÃO

Contos de Angola

Ilustrações: **Roberta Nunes**
Coordenação: Marco Haurélio

Amanta ◆ **6**

Kitexe – Uma história de amor ◆ **15**

Nga Zuâ – o caçador ◆ **23**

Nguenji ◆ **31**

O cão e o lobo ◆ **39**

Posfácio ◆ **45**

Os contos populares de Angola, recontados pelo ator e narrador Miguel Serrão, têm a sabor das velhas histórias contadas ao redor da fogueira para rememorar a origem das coisas, o surgimento dos usos e costumes ou, simplesmente, para divertir. No caso da presente coletânea, as histórias cumprem a contento as duas funções: a de nos transportar para outro tempo, alcançado apenas pela memória, e de nos divertir, mesmo que sintamos, às vezes, um pouquinho de medo. É esse misto de sentimentos que a tradição oral conservou primeiro em quimbundo e que, agora, em português, torna-se acessível aos falantes desse idioma em qualquer parte do mundo.

O que você faria se um costume injusto se arrastasse por gerações? Tradições são parte da identidade de cada povo, mas, quando estão baseadas em ações injustas, devem ser mantidas? Nós sabemos a resposta, mas o filho do velho Muanje, protagonista do conto "A manta", levará um tempo para descobrir. A história do filho ingrato, por sinal, corre o mundo, mas, no Brasil, é conhecida, principalmente, pela canção caipira "Couro de boi", de autoria de Teddy Vieira, sucesso na voz de Tonico e Tinoco. E quem não gosta de ouvir uma boa história de assombração? E se for, ao mesmo tempo, uma história de amor? É o que ocorre com "Kitexe", um conto para ser narrado em voz alta e, se possível, à noite. Já o velho ditado "Em boca fechada não entra mosca" combina com o conto "Ngá Zuâ, o caçador", no qual a indiscrição pode trazer sérias consequências. "Nguenji", em quimbundo, quer dizer "transeunte, viajante", mas o personagem que dá nome ao conto é muito mais do que isso. O velho motivo do andarilho misterioso, que não é bem recebido pelo povo de um lugar, mas sabe reconhecer e premiar a hospitalidade, é conhecido desde a mitologia grega, no mito de Báucis e Filêmon, abençoados pelos deuses Zeus e Hermes, a quem hospedam sem saber sua real identidade. Daí vem o ditado "Fazer o bem sem olhar a quem".

Por último, temos "O cão e o lobo", uma fábula etiológica, isto é, uma história que explica a origem de alguma coisa, no caso, a da inimizade entre o cão e o lobo. O maior interesse está na forma como os animais são retratados: com características humanas (defeitos e qualidades), atuando como negociantes ambulantes, sendo o cão muito responsável e o lobo, displicente.

E agora, vamos ler e recontar as histórias que o Miguel selecionou para este livro?

Marco Haurélio

Era uma vez uma aldeia muito rica, onde tudo abundava. Tudo, exceto o mais importante.

Lá, as pessoas pareciam felizes, apesar de se notar no rosto dos mais velhos certa tristeza. A relação entre pais e filhos era estranha, distante mesmo. Ninguém se preocupava em mudar ou alterar aquela forma de estar ou de viver. Pelo contrário, as pessoas defendiam-na com todo o vigor.

Toda a gente sabia que, chegada a velhice, todos seriam levados até o Monte do Abandono, onde passariam seus últimos dias.

Por isso, durante a infância e a adolescência, a família se preocupava em ensinar seus valores aos mais jovens. **Muanje**, um morador da aldeia, educava seu filho de outra forma, sem se importar com os códigos vigentes na comunidade. Os aldeões chamavam a sua atenção:

— Muanje, por mais que o trates com distinção, ele vai fazer o mesmo que os outros! Com o passar do tempo, o filho de Muanje descobriu o próprio caminho, sem perder a ligação com o pai. Os outros rapazes de sua idade zombavam dele e diziam não perceber tal afeto entre ambos.

Muanje: *Nome próprio equivalente a "Cristóvão", em português.*

Chegado o momento de escolher uma noiva, conforme os costumes daquele povo, Muanje aconselhou o filho a encontrar uma mulher que soubesse ler sua alma.

O rapaz não entendeu a metáfora e, durante alguns dias, pensou no assunto até sentir que deveria esclarecer sua dúvida. Procurou o pai ao cair da noite, como era habitual, para conversarem junto à pequena fogueira:

— Pai, ainda não consegui entender o que me disse no outro dia!

Calmamente, Muanje estendeu a mão ao filho, como fazia desde que era garoto, e disse-lhe:

— Sabes, filho, muitas vezes apenas olhamos, mas não enxergamos, por isso acontecem coisas na nossa vida que poderíamos evitar, percebes?

— Sim, mas continuo sem entender...

— Tens tempo, filho. Algum dia encontrarás a resposta. Agora, vamos aproveitar o calor do braseiro porque daqui a pouco o fogo apaga-se. — E ficaram em silêncio a ouvir o crepitar da lenha.

Depois, o rapaz foi dormir e sonhou com uma grande caçada na qual ele era o protagonista: havia abatido uma grande presa, mas, depois de reparti-la com a aldeia, calhou-lhe apenas a pele sem um único pedaço de carne.

Na manhã seguinte, procurou o pai para lhe decifrar o sonho, mas este já havia saído para o trabalho.

O rapaz então passou o restante do dia a andar pela aldeia sem saber o que fazer ou a quem recorrer para falar do assunto, por isso decidiu esperar pelo regresso do pai.

Quando este chegou, conversaram muito tempo e o rapaz se acalmou. No entanto, sua alma curiosa ainda não estava satisfeita. Contou aos amigos sua inquietação na esperança de que algum deles o ajudasse, mas foi em vão.

Um dia, enquanto regressava da lavra do pai, encontrou no caminho uma moça que, por levar uma grande quantidade de cabaças, parecia precisar de ajuda. Parou, decidido a ajudar a jovem, mas esta agradeceu, dizendo-lhe que seus pais, que haviam ficado para trás, logo chegariam:

— Obrigada... Meus pais devem chegar logo. Adiantei-me porque eu me distraí.

E, antes de o rapaz sair, ela acrescentou:

— Toma, leva esta cabaça com água para matar sua sede...

— Não estou com sede e, quando estiver, o rio fica aqui perto — respondeu o rapaz, que, diante da insistência da jovem, terminou por aceitar a cabaça e seguiu seu caminho.

Chegada a noite, como sempre na companhia do pai e de alguns convivas, contou o sucedido.

O pai, fazendo coro aos mais velhos ali presentes, comentou sua sorte:

— Filho, encontraste tua companheira: a outra parte de ti. Quando eu disse que "alguém lê a nossa alma", era nesse sentido que eu falava.

E todos concordaram.

— Mas eu nem sequer perguntei-lhe o nome! — justificou-se o rapaz, tentando desembaraçar-se daquela situação.

— O nome é apenas um detalhe. O importante foi o encontro de vossas almas — disse-lhe Muanje, contente por antever o casamento do filho.

— Pai, eu não sei quando a verei novamente. Ela não é da nossa aldeia.

— Meu filho, uma montanha jamais encontrará outra montanha, mas as pessoas encontram-se sempre, demore o tempo que demorar.

O rapaz, orgulhoso do pai, agradeceu e retirou-se. Foi até o pequeno monte perto da aldeia e ali ficou a contemplar o céu estrelado daquela noite de calor. Talvez o céu lhe mostrasse o caminho que o conduziria até a moça da qual sequer sabia o nome. O pai estava certo quando disse que era um encontro de almas.

Quando o Sol acordou sorridente, sem nenhuma nuvem a esconder seu esplendor, e os galos cantaram como faziam todas as manhãs, a aldeia despertou para mais uma jornada.

Em sua casa, Muanje estava preocupado por não encontrar o filho no quarto como de costume. Não sabia a quem perguntar nem onde procurar, daí sua apreensão. Chegou a suspeitar que o rapaz tivesse dormido na casa de um de seus amigos, hipótese logo descartada, porque ele jamais tomara uma decisão sem lhe comunicar.

kanzumbi:
Espírito maligno.

Teria sido levado por um kanzumbi, que, enciumado, decidiu raptá-lo para impedi-lo de encontrar a moça pela qual se apaixonara? — perguntou-se.

A inquietação não durou muito, pois o rapaz reapareceu animado e desculpando-se pelo vacilo, sem dar mais detalhes. Aliviados, todos saíram para suas tarefas diárias.

Ao passar pelo monte onde havia pernoitado, o rapaz ouviu ao longe uma voz que cantava alegremente. Seguindo o som de uma doce melodia, deparou-se com a moça do dia anterior.

Depois de alguns minutos observando-a trabalhar, interrompeu-a timidamente, sorrindo de leve:

— Que fazes aqui?

— Estou a ajudar meus pais. E tu?

— Ouvi a tua voz...

Daquele dia em diante, nunca mais se separaram. Na aldeia, eram conhecidos como Dedo e Unha. Formavam, de fato, um casal singular em um lar harmonioso. Nunca deixaram de acompanhar seus progenitores para o Monte do Abandono, cumprindo sempre o ritual.

Tiveram filhos, muitos, mas o tempo cruel não poupou as rugas e o cansaço no rosto e no corpo de Muanje. Isso entristecia o filho, que, todos os dias, falava com a companheira sobre como proceder com ele quando chegasse sua vez.

— Não podemos fugir à regra — dizia ela para acalmar o marido. — Essa é nossa tradição!

— Eu sei —respondia ele, sempre tristonho.

O velho Muanje escutava as conversas, por vezes ríspidas, do casal, e isso o deixava destroçado. Não querendo ser motivo de discórdia entre o filho e a nora, certa manhã ele preparou alguns de seus pertences e, para espanto da família, pediu ao filho que o acompanhasse até sua última morada. Segundo a tradição, antes de seguir para o local onde seria abandonado, o pai deveria receber das mãos do filho uma manta que ele mesmo costurara. Para evitar mais atritos, Muanje se antecipara ao filho, quebrando a regra.

Prepararam então um farnel para a viagem, fizeram a cerimônia de despedida e partiram.

Durante o trajeto, os dois conversaram bastante, resgatando muitas memórias familiares: falaram da infância, das travessuras da adolescência e de muitas aventuras vivenciadas até ali.

Chegando ao destino, no Monte do Abandono, permaneceram quietos durante muito tempo, limitando-se a observar a paisagem circundante, até que o filho, rompendo o silêncio, disse:

— Adeus, meu pai! — E afastou-se apressadamente para que o velho não visse as lágrimas que começavam a cair de seus olhos.

Enquanto descia a colina, ele ouviu a voz de Muanje a chamá-lo do alto, onde fora deixado.

— Filho, filho, volta aqui!

O rapaz, preocupado, tornou a subir o monte até onde estava o ancião.

— Diga, pai...

— Filho, toma, fica com metade desta manta...

— Por que, meu pai? O senhor vai precisar mais dela do que eu...

— Para que, quando chegar a tua vez se subir o monte, não tenhas que costurar outra.

Sem saber o que dizer, o filho envolveu o pai em um abraço demorado. Depois, para o espanto de alguns e a alegria de outros, regressaram juntos para a aldeia.

O rapaz então explicou à sua família e aos aldeões a razão de sua decisão e a importância de manter os mais idosos com eles.

Todos concordaram e a antiga tradição foi abandonada. Criou-se então um ditado que até hoje é corrente entre esse povo: "Na boca dos velhos apodrecem os dentes, nunca o conhecimento que ela transmite".

E, desde aquele dia, nunca mais nenhum velho foi deixado sozinho naquela aldeia.

Havia uma montanha e perto dela tinha um rio. Junto a esse rio havia um bosque e perto dele havia um lago. Depois do lago havia uma aldeia bonita. E nessa aldeia vivia a criatura mais bela que a natureza alguma vez criara. Seu nome: **Kitexe**.

Kitexe:
Perdida.

Era uma menina doce e encantadora, cujos traços lembravam as linhas com as quais o mundo fora desenhado.

Quando nasceu, dizem, desenhou-se no céu um arco-íris e o Sol parecia sorrir enciumado por ver alguém que emanava mais brilho do que ele.

Naquela aldeia e nos arredores não se falava de outra coisa a não ser daquela figura singular, de rara beleza.

Os pais, enternecidos com tantos mimos, não sabiam mais como agradecer pelas oferendas dedicadas à filha. Kitexe, porém, levava uma vida normal.

O tempo foi passando devagar: segundos, minutos, horas, dias, meses e anos e, em seu caminhar, foi reforçando a beleza de Kitexe, já se aproximando da maioridade.

Quando ia buscar água no rio com as amigas, os meninos graúdos e miúdos não se acanhavam e dedicavam-lhe canções, ofereciam-lhe colares, peças de caça ou de artesanato.

Uá, ué:
Expressão idiomática para dizer "Aí".

— **Uá, ué**, Kitexe, tu és a luz do mundo, um afago para a vida! — diziam os meninos quando a viam passar.

Ao que ela respondia, sem se perturbar.

— São os vossos olhos que desenham meu sorriso!

Ela era uma menina tão afável, diziam, que até os animais selvagens

suinguilar:
Fazer serão.

vinham espreitar sua dança nas noites de **suinguilar**, quando, à volta da fogueira, os aldeões celebravam suas conquistas. Muitas promessas e vários desafios se faziam em torno de sua pessoa, mas Kitexe nunca os estimulava, embora fosse sempre muito cordial em suas abordagens.

"Um dia vou me casar com ela!" — era o que mais se ouvia nas conversas dos rapazes da aldeia.

Suas amigas tentavam protegê-la das incursões dos rapazes e jamais a deixavam sozinha, mesmo quando a convidavam para dançar.

—Não lhes dês ouvidos! — aconselhavam-na. — Os rapazes são matreiros.

Kitexe por vezes confrontava as amigas, pedindo que a deixassem escolher o próprio caminho.

Ela, tal como todos na aldeia, ansiava pela maioridade, pelo dia em que escolheria a quem entregar seu coração.

Faltava pouco para que esse dia chegasse e seus pais já cuidavam dos preparativos para aquele que seria o evento do ano na aldeia.

Seguindo a tradição, todas as aldeias circundantes foram convidadas para a celebração do grande dia. Ninguém devia faltar ao ritual da transição, momento em que as moças passam a ser mulheres.

A festa envolvia toda a aldeia. Junto de sua casa havia longas filas de jovens que queriam saudá-la.

Em meio às amigas, a menina, agora mulher, estava radiante de felicidade. As moças riam das conversas dos pretendentes à mão de Kitexe.

Todos os convivas tentavam chamar a sua atenção. Enquanto uns se declaravam, outros apenas queriam estar perto daquela beldade.

— Kitexe, pode ficar aqui por alguns instantes? — suplicava um.

— Deixe-me acabar essa conversa e vou já para aí — respondia a moça, delicada e atenciosa com todos eles.

De repente, como se o mundo tivesse parado brevemente, seus olhos depararam-se com uma figura até então desconhecida de todos.

— Quem é aquele? — perguntou ela a uma amiga que estava a seu lado.

— Qual? — inqueriu a companheira, sem saber para qual direção olhar.

— Ali do teu lado esquerdo. Olha de caxexe para ele não perceber.

— Ah! — exclamou a amiga. — Que rapaz bonito!

— Por que é que ele não falou comigo? — questionou-se Kitexe.

— Vou lá dizer-lhe que queres falar com ele — sugeriu a outra.

— Não, ele sabe que está na minha festa. Não tarda e virá ter comigo. — retrucou a aniversariante.

E, como por magia, seus olhos encontraram-se e ambos sorriram, mas não houve aproximação. Curiosas, as amigas tentaram se aproximar do grupo junto ao rapaz que conversava alegremente com os outros convidados. Kitexe foi com elas, mas, indiferente, o rapaz não notou sua presença. Aquela figura elegante e bela trazia-lhe grande inquietação.

"Por que não tem coragem de me falar?" — pensava de si para si.

Por fim, tropeçaram um no outro e, após um longo silêncio, entabularam uma conversa.

— Olá! — disse o rapaz, serenamente.

— Olá! — respondeu Kitexe, ofegante. — Espera que vou lhe buscar uma caneca de **marufo**.

marufo:
Bebida de palma (feita com seiva).

E correu em direção ao interior da casa onde estavam as amigas, que, tão logo a viram entrar, aproximaram-se, cheias de curiosidade.

— Então, que te disse ele? — perguntavam em alvoroço.

— Já vos contarei. Agora quero uma caneca de marufo para lhe oferecer...

Serviu-se apressadamente de duas canecas e voltou ao encontro do visitante, mas, para seu espanto, ele havia desaparecido.

Olhou ao redor e nada. Deu a volta entre os convidados e nada. Tornou a entrar onde fora buscar as bebidas e nada...

Ficou petrificada de espanto por alguns instantes até que uma voz a trouxe à realidade.

Eram suas amigas, ávidas de novidade, que, ao verem Kitexe com ambas as canecas na mão, perceberam que ela não estava bem.

— Onde é que ele está?

Sem saber o que dizer, Kitexe seguiu seu instinto, indo em direção ao rio e, para afugentar sua dor, pôs-se a cantar:

— Ua ué sambetue seku mahinga, seku mabonzo,

Tuá takana yadie, seku mahinga, seku mabonzo,

Mu ikungu tuye, seku mahinga, seku mabonzo.

O visitante, que também caminhava para aquela direção, abrandou seu passo e ficou a ouvir a doce e triste voz de Kitexe.

Ao avistá-lo, a moça intensificou seu canto. Apressando os passos, tentava alcançá-lo. No entanto, o visitante, entrando na floresta, sumiu novamente.

Afastada da aldeia e no meio da noite, Kitexe ganhou coragem e o seguiu mato adentro, sempre a cantar. A Lua, reluzindo nas folhas, permitia ver o que parecia ser uma aldeia no meio da floresta. O visitante, parando na primeira casa, começou a se despir, para estranheza de Kitexe.

— Obrigado pela roupa! A festa foi muito boa! — disse ele.

"Afinal, a roupa nem sequer era dele" — Kitexe pensou enquanto continuava a cantar com mais ternura ainda.

O visitante parou em outra casa e, desta vez, deslocou ambos os membros superiores e os entregou no local.

– Ua ué sambetue seku mahinga, seku mabonzo, /Tuá takana yadie, seku mahinga, seku mabonzo, / Mu ikungu tuye, seku mahinga, seku mabonzo:
– *Aí sambetue* sem pranto, sem dúvidas, / Encontramo-nos, sem pranto, sem dúvidas, /Iremos juntos para o mato, sem pranto, sem dúvidas.*

*Sambetué: prece (no contexto da canção, significa "meu bem" ou "meu amor").

— Obrigado pelos braços! A festa estava maravilhosa. — E foi andando até a casa seguinte, onde entregou os membros inferiores. Depois, em outra casa, entregou o tronco, sempre acompanhado pela melodia triste de Kitexe.

Por fim, restava apenas um crânio, que rolou até uma sepultura. Nem assim a mocinha parou de cantar, professando seu amor. Chegando até ele, envolveu-o nos braços e, embalando-o docilmente, ali ficou.

— Eu me apaixonei por ti. Com corpo ou sem corpo, meu amor é eterno.

Dizem que, desde então, surgiu o seguinte ditado:

"As aparências iludem, mas o amor é perene.

Quem ama o feio, bonito lhe parece."

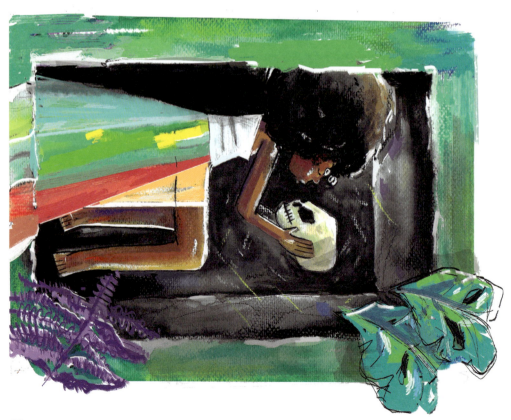

Nga Zuâ era um caçador de renome e o mais importante de todas as aldeias circundantes. Não havia caçada para a qual não fosse convidado, afinal, ele era o mestre nas artes da caça. Tinha um cão que, para muitos, era mais do que um filho, em razão da forma como se relacionavam. Onde quer que fosse, estava acompanhado de seu fiel amigo. Na aldeia, havia muita gente que não via com bons olhos essa amizade.

Sua mulher parecia aceitar bem o animal e os filhos tinham-no como um irmão. Somente a sogra contestava aquela amizade.

— Nga Zuâ, animal não é gente! Como é que um cão come a mesma carne que nós?

Ele nunca respondia, evitando sempre o confronto com a mãe de sua esposa.

Sua diversão, além da caça, era passear pelo bosque que circundava sua aldeia e depois dar um mergulho refrescante no rio.

Era um bom homem, justo com todos, mesmo com aqueles que lhe maldiziam, porém um pouco solitário.

Um dia, em uma de suas caçadas habituais, caiu em uma armadilha. Desesperado, chamou por quem estivesse ali por perto, mas ninguém apareceu em seu auxílio. O dia parecia correr e quase fechava sua cortina para dar lugar à noite, quando seu companheiro de sempre se manifestou:

— Não te abandonarei, farei tudo para tirar-te daqui — disse-lhe seu fiel cão ante o incrédulo caçador.

— Como é possível? Tu falas! — perguntou, espantado, Nga Zuâ.

— Sim, falo! — respondeu o cão, enquanto fazia as diligências para salvar o amigo.

Passadas algumas horas, o cão conseguiu resgatá-lo. Depois, entabularam uma conversa de amigos na qual revelaram um ao outro suas fragilidades, enquanto caminhavam em direção à aldeia.

Quando se avizinhavam do local, o cão parou por alguns instantes e aconselhou o amigo a fazer o mesmo, pedindo que selassem um pacto.

— Nga Zuâ, meu amigo, quero que me prometas que nunca contarás a ninguém o que aconteceu, pois...

Antes de terminar, Nga Zuâ respondeu prontamente:

— Prometo que não contarei nem mesmo à minha mulher.

— No dia em que o fizeres, morrerás e eu não poderei te ajudar.

— Juro que nunca direi nada — concordou Nga Zuâ, sem qualquer hesitação.

— Outra coisa — insistiu o cão. — A partir de hoje, vais conseguir ouvir e compreender a língua dos animais.

Riram e continuaram a caminhada em direção à aldeia, onde, aparentemente, tudo estava normal.

Quando chegaram à casa, a mulher estranhou que não houvesse nenhuma presa depois daquele longo dia de caçada.

Nga Zuâ justificou-se dizendo que não tinha conseguido encontrar um animal de grande porte, por isso preferiram vir de mãos abanando a trazer uma lebre ou uma toupeira.

— Não posso perder minha reputação com um animal que não alimentaria nem o meu cão por completo.

A mulher improvisou então o jantar e comeram como habitualmente em clima de serenidade. Em seguida, Nga Zuâ foi ao **njango** ter com outros homens a fim de prepararem a caçada da manhã seguinte.

njango: *Sede ou assembleia.*

A aldeia estava silenciosa, todos dormiam. Os animais nos currais e no bosque dormiam, a Lua minguava e as estrelas eram como grãos de areia brilhantes no manto celeste. Àquela hora, somente o njango estava acordado e ruidoso.

Os homens falavam de seus planos, bebiam marufo, assavam carne e outras iguarias para acompanhar o seu suinguilar.

Quando o Sol acordou, eles já tinham posto as armadilhas no mato à espera de que algum antílope caísse em suas malhas.

Voltaram todos satisfeitos, pois tinha sido um dia de boa caça e houve festa na aldeia, reunida em volta de uma grande fogueira para agradecer seus nzumbis.

Uma vez mais Nga Zuâ destacou-se dos outros, abatendo sozinho cerca de sete peças de caça. Havia carne mais do que o suficiente e, por um mês, não precisariam voltar à floresta.

Nesses dias de quase ócio, Nga Zuâ aproveitava para ajudar a família na lavoura, lavrava a terra, plantava, colhia e divertia-se ouvindo a conversa dos animais.

A família estava curiosa por saber por que ele, muitas vezes, sorria sem nenhuma piada aparente, como se estivesse louco.

Havia comentários maledicentes entre os aldeões. Uns diziam que ele tinha sido possuído por um espírito maligno, outros que havia sido enfeitiçado por alguém invejoso de suas proezas.

Tudo se dizia sem o conhecimento da verdade. A família, preocupada com sua saúde mental, recorreu a vários curandeiros e tratamentos, mas todos falharam. Nga Zuâ tentava demovê-los de suas crenças, sem sucesso. Por isso, prometeu a si mesmo que só voltaria a sorrir por algo que valesse a pena.

Por muito tempo evitou aquele comportamento de louco, como diziam os demais, mas em seu íntimo sofria bastante. Nos passeios pelo bosque, perguntava ao companheiro o que havia de fazer e o cão respondia-lhe que ele tinha tomado a atitude certa.

A rotina da aldeia não o perturbava e ele até que gostava: contavam-se histórias, fazia-se artesanato, construíam-se e aperfeiçoavam-se os instrumentos de caça e outros.

Um dia, enquanto descansava junto ao celeiro onde sua sogra estava a secar o milho, ouviu a conversa do galo com a galinha. Sem conseguir se conter, desatou em uma gargalhada desenfreada.

Quanto mais a sogra tentava enxotar os animais, mais ele sorria, até que, por fim, a velha sentiu-se ofendida e desatou a chorar. Ao saber do acontecido, toda a aldeia queria uma explicação junto a Nga Zuâ, que se declarava inocente.

— Eu não ofendi minha sogra, apenas... — E continuou a sorrir compulsivamente.

Sua mulher não sabia como pará-lo perante o olhar reprovador de toda a comunidade e, sem enxergar solução aparente, concordou com a anciã, que exigiu que fossem juntos ao **soba** para que este resolvesse a questão.

— Se ele não se desculpar, eu não entro mais na sua casa e levo minha filha comigo! — ameaçou.

soba: *Chefe da aldeia.*

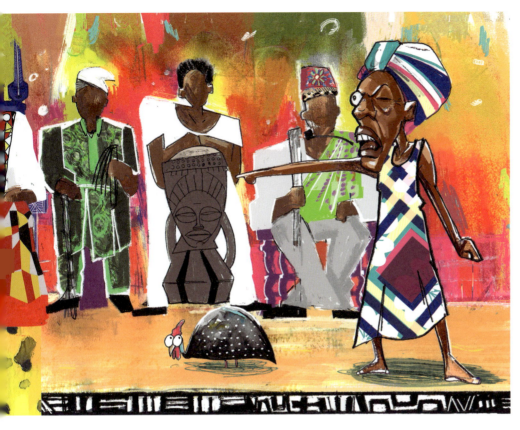

Nga Zuâ, sem saber como evitar a ida para a **mbanza** do soba, pediu à esposa que dissuadisse sua mãe daquela ideia, sob o risco de perdê-lo para sempre.

mbanza: *Casa real.*

— Não posso, marido. Toda a aldeia dá razão a ela. Por que é que não dizes o motivo da tua galhofa?

— Não posso, mulher, não posso!

Dirigiram-se então à presença do soba, como era regra em casos de contenda.

Diante dele, a primeira a falar foi a sogra, que alegou ter sido ofendida pelo seu genro.

— Soba **iame**, não é costume procurar-vos com os nossos assuntos caseiros porque temos conseguido encontrar soluções satisfatórias junto da família, mas este assunto ultrapassa-nos, por isso procuramos a vossa sabedoria.

iame: *Meu chefe ou Meu senhor.*

O soba ouviu a opinião de todos os presentes antes de pedir a Nga Zuâ que se pronunciasse.

— Soba iame, depois do meu depoimento não estarei mais entre vós. Por isso, quero pedir a todos os presentes que, quando eu partir, continuem a ajudar e a proteger minha família.

Um ar de espanto desenhou-se no rosto dos presentes, mas não os impediu de querer saber a verdade. Então **Nga Zuâ**, sem mais rodeios, contou o que tinha acontecido naquela tarde fatídica em que caiu na armadilha e seu cão uivou tanto como quem sofre da dor de uma separação.

Nga Zuâ:
Senhor João.

— Minha sogra, pelo bem que quero a meus filhos, eu nunca te desrespeitaria. Hoje, enquanto descansava, ouvi a conversa entre a galinha e o galo, quando tentavam comer o milho que tinhas posto a secar. Como o galo não conseguia comer, perguntou à galinha por que ela comia sem que a molestassem quando ele não conseguia. Eis que a galinha respondeu-lhe:

"Tu és parvo porque procuras o lado em que ela enxerga; já eu vou comer do outro lado. Não vês que a anciã é cega de um olho?".

Todos riram sem parar, mas logo fez-se um silêncio sepulcral, pois Nga Zuâ, conforme ele mesmo havia advertido, já caiu no chão, sem vida.

Na mbanza do soba, levantou-se certo burburinho, condenando a atitude persistente da sogra. E, desde aquele dia, naquela aldeia, nunca mais houve boas relações entre genro e sogra. Prevalece até hoje a desconfiança no convívio entre ambos.

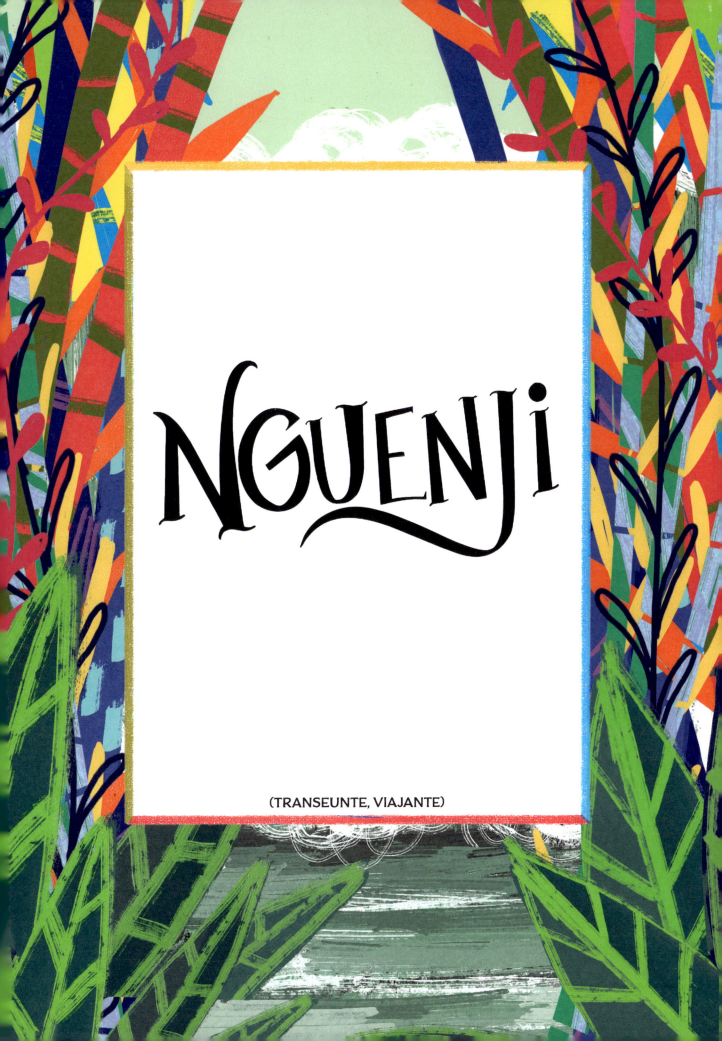

Kamassoko era uma aldeia bonita dividida ao meio por um rio. Na margem direita, as pessoas, em sua maioria, dedicavam-se à caça, enquanto as da margem esquerda dedicavam-se à agricultura.

Praticavam entre si a permuta como meio de comércio, mas eram muito pouco simpáticas em suas relações socias.

Era um ponto estratégico, por localizar-se perto da fronteira com outro reino, apesar de ser uma terra conhecida pela falta de hospitalidade.

Não havia quem a visitasse sem que a maldissesse por causa da forma estranha como os visitantes eram tratados.

Mas para os habitantes da aldeia aquilo era normal e eles até se orgulhavam de sua ancestralidade e dos valores que ostentavam.

Jamais faltavam na aldeia festas em homenagem aos **seculos** e aos espíritos protetores. Tais celebrações chegavam a durar semanas.

seculos: *Ancestrais.*

Naquela localidade vivia uma menina que era um poço de bondade e, por isso, não conseguia entender a postura de seu povo.

Muitas vezes, retirava-se sozinha até o rio e ali ficava a chorar todos os dias. Depois, regressava à sua casa com a moringa cheia de água fresca.

Sua mãe, saindo à sua procura, quase sempre a encontrava no mesmo lugar, sentada naquela pedra grande junto ao leito do rio, com os pés dentro da água.

— Filha, andamos à tua procura desde cedo. Por que te escondes de nós?

— Não me escondo, mãe. Apenas venho falar com o rio.

— Mas não és **kituta**, filha, para viver na água. Vamos para casa.

kituta: *Sereia.*

Nesses dias em que era encontrada junto ao rio, a conversa prolongava-se até o serão da tarde. Por isso, ela preferia sair sorrateiramente para o seu passeio sem dizer nada a ninguém.

Toda a gente a criticava por não andar com outras moças de sua idade. Outras vozes mais cruéis chamavam-na dilaji ou **kiximbe**.

kiximbe: *Deficiente.*

— Amanhã iremos a Kimbamba experimentar os novos panos do Congo. Queres ir conosco?

— Não posso... Tenho muita roupa por lavar.

— Está bem, se sobrar algum pano traremos para ti! — E riam-se as jovens a zombarem dela em uma galhofa interminável.

Só ela sabia o porquê de sua inquietude.

Quando chegava a hora de dormir, pedia aos espíritos ancestrais que modificassem aquela gente na sua forma de ser e agir.

— Meus seculos, limpem nossa alma para podermos conviver com mais ternura.

Era assim todas as noites até cair o manto do sono sobre seus olhos.

Um dia, enquanto as meninas lavavam a roupa no rio, como faziam sempre, apareceu um indivíduo que passava na parte alta do rio, ou seja, a meio caminho de onde começava a nascente.

O homem, parecendo ter algum problema de locomoção, apoiado em sua bengala, fazia seu percurso com muita lentidão.

As meninas que estavam rio abaixo lavando a roupa das suas famílias, ao verem aquele homem, ficaram admiradas com a forma como ele caminhava. Depois de o observarem bem, desataram a insultá-lo com piadas pouco graciosas, pois esse era o jeito do povo daquele reino tratar os visitantes.

— Ei, velho, por que deslizas como uma serpente? — perguntavam algumas.

— Não vês que turvas a água que levamos para beber? — indagavam, desdenhosas, as outras.

— Tenho sede. Assim que encher a minha cabaça, vou-me embora! — respondeu o andarilho.

— Sai daqui! Não queremos ver o quanto és feio! A tua fealdade emporcalha o rio que nos alimenta.

Incrédulo diante daquelas palavras, o pobre homem largou a muleta que trazia e sentou-se em uma das pedras que margeava o rio.

As moças, que ficaram mais revoltadas ainda com aquela ação, gritavam e apedrejavam o suposto intruso, amaldiçoando-o, sem se importarem com sua condição.

— Parem, parem! Não veem que ele não consegue caminhar? — gritou alguém com toda a força de seus pulmões.

Por um momento as outras jovens, incrédulas, ficaram petrificadas ao ouvir aquela voz que parecia sair de um trovão, tal era seu ribombar.

A moça bondosa, então, aproximou-se do andarilho e o auxiliou até que pudesse alcançar a outra margem.

Sensibilizado com aquela ação, o homem sentiu-se comprometido a retribuir o afeto demonstrado pela menina.

— Vives nessa aldeia ou estás só de passagem, como eu? — perguntou.

— Vivo aqui com meus pais e meus irmãos. Nunca saí daqui. — respondeu a moça com a pureza habitual.

— Vou pedir-te um favor, então. Quando puderes, pega tua família e vai para a outra aldeia! — rogou o homem. — Obrigado por teres me ajudado. Mas vai-te embora desta aldeia onde, além de você, não encontrei outra alma boa.

— Mas como vou convencer minha família a sair daqui e deixar todos os seus pertences? — quis saber a moça, tomada de inquietação.

— Faz assim — ensinou o velho. — Diz-lhes que tivestes um sonho muito ruim e que precisas visitar um curandeiro em outra aldeia e que todos devem te acompanhar.

— Assim farei e espero que minha família concorde comigo — concluiu a menina.

Depois de ouvir atentamente a boa moça e perceber o quão puro era seu coração, o homem desvaneceu-se como uma nuvem de poeira.

Atarantada, sem saber o que fazer ou dizer, a moça olhava para o horizonte, onde só se avistavam as copas das árvores a bailar ao vento.

As outras não ouviram a conversa e também estavam pouco interessadas nela. Continuaram em seus afazeres sem se importarem com a angústia da amiga.

Quando retornaram à aldeia, ouviram relatos sobre um mendigo que havia passado por lá e que a todos pedia ovos. Ninguém lhos deu, à exceção da família da jovem que o mesmo pedinte havia encontrado no rio.

O tempo passou: as horas foram se transformando em dias e os dias em semanas. Tudo parecia calmo até que, em um sonho, o homem apareceu à moça que o havia ajudado naquela tarde fatídica à beira do rio.

De manhã, antes de os pais começarem sua demanda, a moça comunicou seu desejo:

— Pai, mãe, tive um sonho muito ruim e preciso que alguém o decifre.

kimbanda: *Curandeiro, adivinho, líder espiritual.*

— Filha, o único **kimbanda** que sabe interpretar os sonhos fica a meio dia de caminho e isso significa que temos de perder nosso dia de trabalho hoje. — O pai tentou demovê-la da ideia de visitar o curandeiro naquele dia.

— Eu sei, pai, mas nesta noite apareceu uma inquietação que tem a ver com nossa família. Devemos desvendar hoje esse mistério porque amanhã...

A mãe não deixou que ela concluísse seu raciocínio:

— Está bem, minha filha. Se tua alma está pesada e precisa ser lavada hoje, então vamos ao kimbanda.

E assim aconteceu: prepararam um farnel para a viagem e partiram no meio da manhã em direção à outra aldeia.

Quando o Sol já quase se despedia do dia, chegaram à aldeia. Cansados de tanto caminhar, pararam para descansar junto a uma árvore frondosa que ficava na entrada do povoado. Ali a moça resolveu contar aos pais, sem temer as possíveis represálias, o que havia acontecido. Estes, longe de censurá-la, ouviram-na e agradeceram a preocupação com a família. Depois, procuraram um sítio para dormir.

De manhã, foram acordados pelas pessoas do lugar, que, depois de saudá-las, disseram que eles haviam tido muita sorte. Sua aldeia fora totalmente inundada na noite anterior.

Sem saber o que dizer, seus pais agradeceram aos anfitriões e, tal como havia prometido o andarilho na conversa que tivera com a jovem junto ao rio, o soba da aldeia ofereceu-lhes uma casa e terra para cultivo, bem como gado para que recomeçassem a vida.

Dizem que, desde aquele incidente, nunca mais naquelas zonas trataram mal um visitante estrangeiro.

Há muito, muito tempo, o cão e o lobo eram grandes amigos, tão cúmplices como a Lua e a noite ou o Sol e o dia, e ambos eram negociantes.

Certo dia, o lobo chegou à casa de seu compadre e contou-lhe que na vila haveria uma grande feira, despertando o interesse do cão. Este fez algumas diligências e conseguiu o melhor dos produtos que havia para negociar: a seda.

Àquela altura, para conseguir arranjar tecido de boa qualidade, era preciso fazer grandes viagens, mas os dois amigos não poupavam esforços para adquirir o que havia de melhor.

— Compadre — comentou o cão, enquanto preparava os fardos para levar ao mercado — acho que, depois desta feira, vou me retirar do negócio e descansar. Estou velho para continuar a fazer tantas viagens!

— Oh, compadre — replicou o lobo —, não digas isso, pois ainda nos falta visitar as feiras de Bagdá, que dizem ser as melhores.

Os dois amigos então acabaram de preparar a carga e saíram em direção à vila a fim de venderem sua mercadoria. Pelo caminho, foram encontrando gente interessada em seus produtos e paravam aqui e acolá para fazer negócios.

— Compadre, se continuarmos a vender neste ritmo não teremos nada para comercializar quando chegarmos lá — dizia o cão, um pouco receoso.

Mas o lobo o tranquilizava:

— Acalme-se, compadre, porque, se isso acontecer, voltaremos para buscar o restante. Afinal, temos sempre reserva, não é verdade?

E assim foi: seguiram seu caminho sem mais preocupações, negociando o que levavam nas aldeias seguintes.

— Compadre cão, como estamos a dois dias do nosso destino, acho que podíamos pernoitar aqui! — sugeriu o lobo.

— Sim, é uma boa ideia, compadre lobo, até porque já não falta assim tanto para chegarmos à vila. Na aldeia, toda a gente os conhecia e os respeitava. Por isso, os dois comerciantes foram bem acomodados.

Quando o Sol raiou, os dois amigos já estavam na estrada na esperança de serem os primeiros a chegarem ao mercado. A chuva, no entanto, os impediu de continuar e tiveram de regressar para a aldeia onde haviam passado a noite. O lobo então sugeriu:

— Compadre, tive uma ideia: amanhã vamos nos separar. Eu vou à feira e tu vais buscar o restante da carga. Assim, poupamos tempo.

O cão pensou por alguns instantes e concordou:

— Está bem, compadre, assim faremos.

Naquela noite, satisfeito com a amabilidade de seus anfitriões, o lobo resolveu oferecer, em sinal de agradecimento, tecidos da sua carga a todos da aldeia, do mais velho ao mais novo.

Com isso, quando deu por si, já nada tinha para vender, mas ele pouco se importou, porque achava que a carga do amigo seria o suficiente para os dois. Bastava aumentar o preço e os dois sairiam no lucro. E, durante a madrugada, enquanto o cão dormia, o lobo refez os fardos de modo a parecer igual aos que tinham antes.

Mal amanheceu, conforme o combinado na noite anterior, os amigos separaram-se, mas não sem antes fazerem recomendações um ao outro. Primeiro foi o lobo:

— Compadre, toma cuidado com a mercadoria! Se vires que faz mau tempo, não hesites em abrigar-te na primeira aldeia que encontrares.

— Não te preocupes, compadre — o cão o tranquilizou. — Vou cuidar bem da nossa mercadoria. E tu, cuidado lá na feira!

E partiram em direções opostas.

Passados dois dias, o cão chegara à sua casa e fez conforme havia combinado: preparou o restante da mercadoria e partiu ao encontro do amigo.

Entretanto, quando o lobo chegou à feira, a carga que levava estava em mau estado devido a uma chuva que o apanhou pelo caminho e não teve outra opção a não ser vender tudo pela metade do preço, perdendo o dinheiro investido.

Quando soube que o amigo cão já se encontrava perto da vila, sem saber como justificar tamanho prejuízo, o lobo mandou-lhe um recado anunciando sua ausência daquele local.

Ao receber tal recado, o cão estranhou o comportamento do amigo, mas fez a sua parte e cumpriu com o que haviam combinado. Chegou à feira e vendeu a um bom preço o restante da mercadoria na esperança de que daí a alguns dias regressasse com o amigo para sua aldeia, o que acabou não acontecendo. Mesmo assim, nunca parou de perguntar pelo paradeiro do compadre.

— Viram o lobo, o maior e melhor vendedor de tecidos de toda a nossa região? — parecia que o cão falava para o vazio, pois ninguém sabia responder àquela pergunta.

Um desespero começou a apossar-se dele, à medida que sua mercadoria ia acabando. Quando terminou de vender o que trazia, procurou pelo amigo por mais alguns dias e, sem sucesso na busca, regressou sozinho.

O lobo, com medo de se justificar perante o amigo, continuou a deambular pelas aldeias circundantes, evitando sempre encontrá-lo.

— Que dirá o cão quando souber que eu esbanjei a minha mercadoria e subvalorizei a dele? — interrogava-se continuamente. — Como conseguirei pagar minha falta e amenizar a perda do meu compadre?

Sem solução aparente, o lobo deixou que uma dor profunda se instalasse em seu coração. Lentamente, foi-se afastando cada vez mais do amigo e ficando sem reservas para seu sustento. Passou então a circundar as capoeiras e currais para encontrar alimentos que o ajudassem a subsistir.

E, quando os aldeões encontravam suas pegadas, chamavam de imediato seu compadre cão. Mas este nunca conseguia achar o amigo. Às vezes, faziam-se grandes buscas, mas todas resultaram infrutíferas.

À medida que o tempo ia passando, sua relação foi se tornando cada vez mais escura, até se apagar de vez o laço que os unia.

E até hoje, quando ouvem falar um do outro, um rosna e o outro prefere distanciar-se para evitar o conflito. O cão encontrou no homem seu novo amigo fiel, enquanto o lobo, dado à vida errante que escolhera, anda em grupo apenas com os da sua espécie.

E foi assim que perdeu-se para sempre uma grande amizade.

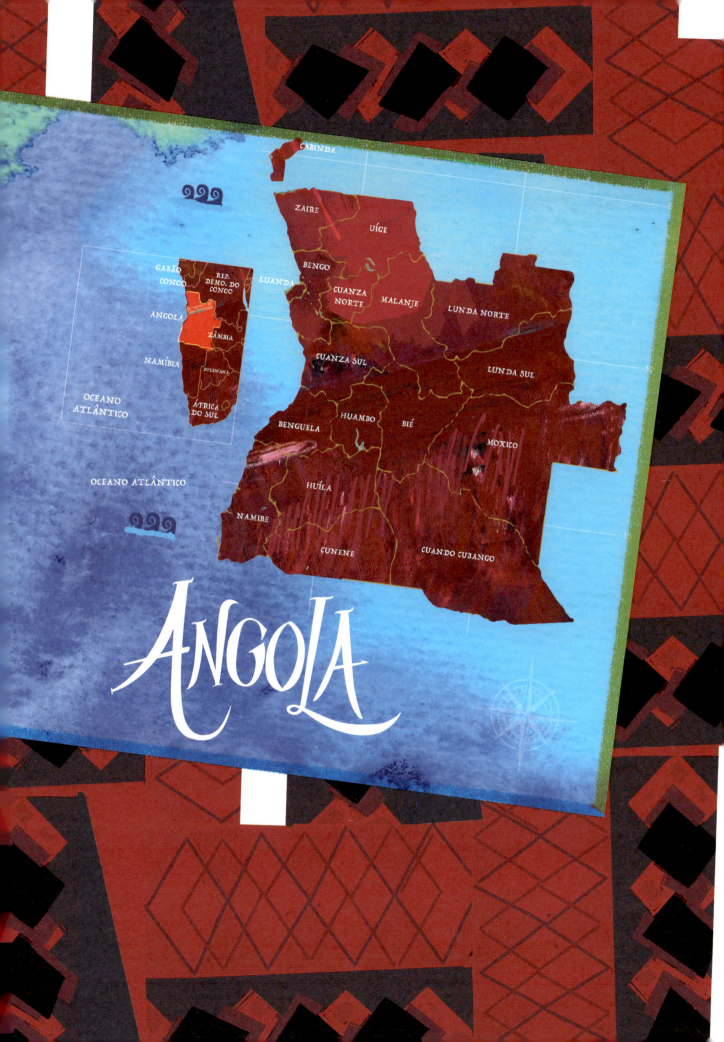

Angola fica localizada no sudoeste do continente africano. É banhada pelo Oceano Atlântico e faz fronteira com Namíbia, Zâmbia, Congo e República Democrática do Congo. Com 1 246 700 quilômetros quadrados, é uma terra rica em recursos naturais, destacando-se o petróleo, o gás natural, os diamantes, o fosfato, o ferro, o cobre, o magnésio e o ouro. A tendência de descarbonização global é um dos desafios do país, que precisa procurar outras fontes que alavanquem seu crescimento.

Após a Pré-História, o povo bosquímano estabeleceu-se nesse território e mais tarde veio o povo banto, o que deu origem a vários grupos étnicos, presentes até hoje. No final do século XV, os portugueses chegaram à região do Zaire, comandados por Diogo Cão, iniciando a colonização lusitana em território africano. Fizeram ali uma grande aliança com o Reino do Congo. Sob o comando do primeiro governador, Paulo Dias de Novais, começou-se a explorar o tráfico de escravizados. Esse negócio foi proibido em 1836, o que levou à abertura dos portos e transformou cidades como Luanda e Benguela, das quais partiam embarcações carregadas, sobretudo, de óleo de palma, madeira, amendoim, marfim, algodão, café e cacau.

Com a Conferência de Berlim, Portugal estabeleceu-se de vez em suas colônias, incorporando a Angola o território de Cabinda, acima do Rio Zaire. A metrópole passou a ser beneficiada com o comércio de

marfim e borracha e a receita dos impostos arrecadados localmente. No início do século passado, Angola foi transformada em uma província ultramarina de Portugal, com exploração mais intensiva de diamantes.

Em meados do século XX, surgiram os primeiros movimentos nacionalistas que reivindicavam a autonomia da região. As lutas se intensificaram até o país conquistar a independência, em 11 de novembro de 1975. No entanto, os conflitos locais persistiram por mais de 25 anos até que, finalmente, foi assinado um acordo de paz. A partir de 1992, com a realização das primeiras eleições gerais, instaurou-se a democracia.

Apesar de ter um solo rico em recursos naturais, o que faz de Angola um dos países mais promissores no continente, sua população, de mais de 33 milhões de habitantes (estimativa de 2022), ainda enfrenta sérios problemas socioeconômicos, com baixo índice de emprego mais qualificado. Boa parte dos angolanos trabalha em regime informal. A capital, Luanda, tem mais de 2,5 milhões de habitantes. Sua região metropolitana é uma das mais populosas da África, com 9 milhões de habitantes.

A estação seca e fria, conhecida como "cacimbo", atinge seu pico entre junho e julho. O frio é menos intenso no litoral, enquanto no planalto central a temperatura pode chegar a 5 graus Celsius. A temperatura média anual é de 27 graus e a mínima é de 17 graus. Tal diversidade climática proporciona um enorme potencial turístico, marcado pelo patrimônio natural de uma fauna e flora riquíssimas.

MIGUEL SERMÃO – *Autor*

Miguel Sermão nasceu em Luanda, capital de Angola, aos 24 de abril de 1975.

Estudou teatro na escola profissional do teatro Comuna em Lisboa, onde é ator residente. Frequentou os cursos de Comunicação na Universidade Independente, Tradução e Escrita Criativa na Universidade Lusófona e Fotografia e História da Arte na ARCO.

No teatro, trabalhou com encenadores como João Mota, Rogério de Carvalho, Álvaro Correia, Alfredo Brissos, Hugo Franco, João Garcia, Miguel Seabra, Luca Aprea, Bibi Perestrelo, Adelino Caracol, Zia Soares, Ferrucio Soleri e Paulo Patraquim, entre outros.

No cinema e na televisão trabalhou com vários realizadores, entre eles Pedro Costa, Edgar Pêra, Luís Galvão Teles, Fabrizio Costa, Jorge Silva Melo, Pedro Sena Nunes, Markus Helschl, Felipe Bragança, Álvaro Fugulin, Nicolau Breyner, Sérgio Graciano, Jorge Quiroga, Hugo Xavier, Manuel Pureza e Francisco Antunes.

Como contador de histórias partilhou espaços com Ângelo Torres, Ana Sofia Paiva, Cristina Taquelim, António Fontinhas e muitos mais.

É formador na área de expressão dramática para a infância e a juventude, encenador, diretor de atores e *dialogue coach*.

ROBERTA NUNES – *Ilustradora*

Roberta Nunes, natural do Rio de Janeiro, é *designer* formada pela Universidade Federal do Rio de Janeiro (UFRJ). Atua como *designer*, ilustradora e quadrinista.

De tanto gostar de livros ilustrados, tornou-se especialista em literatura infantojuvenil pela Universidade Federal Fluminense (UFF).

Pela Estrela Cultural, ilustrou as obras *Grande circo favela* e *Guardiãs de memórias nunca esquecidas*, ambas de Otávio Júnior; e *Olha aqui o Haiti*, das autoras Márcia Camargos e Carla Caruso, esta última selecionada para compor a Biblioteca da ONU na questão "Combate à desigualdade social".

MARCO HAURÉLIO – *Coordenador da coleção*

Escritor, professor e divulgador das tradições populares, tem mais de cinquenta títulos publicados, a maior parte dedicada à literatura de cordel, gênero que conheceu na infância, passada na Ponta da Serra, Sertão baiano, onde nasceu. Dedica-se ainda à recolha, ao estudo e à salvaguarda dos gêneros da tradição oral (contos, lendas, poesia), tendo publicados vários livros, como *Contos folclóricos brasileiros*, *Vozes da tradição* e *Contos encantados do Brasil*.

Vários de seus livros foram selecionados pela Fundação Nacional do Livro Infantil e Juvenil (FNLIJ) para o Catálogo da Feira do Livro Infantil e Juvenil de Bolonha (Itália) e receberam distinções como os selos Seleção Cátedra-Unesco (PUC-Rio) e Altamente Recomendável (FNLIJ). Finalista do Prêmio Jabuti em 2017, em sua bibliografia destacam-se ainda *Meus romances de cordel*, *O circo das formas*, *Tristão e Isolda em cordel*, *A jornada heroica de Maria* e *Contos e fábulas do Brasil*. Ministra cursos sobre cordel, cultura popular, mitologia e contos de fadas em espaços diversos. Também é curador da mostra Encontro com o Cordel.